BIBLIOTHEQUE MORALE

—

Grand In-32

—

PROPRIÉTÉ

Ch. Barbou (signature)

UNE

CARAVANE D'ÉMIGRANTS

BÉNÉDICT-HENRY RÉVOIL

UNE CARAVANE

D'ÉMIGRANTS

LIMOGES

CHARLES BARBOU, IMP.-ÉDITEUR

UNE

CARAVANE D'ÉMIGRANTS

Les montagnes rocheuses de l'Amérique du Nord ne sont pas autre chose que la continuation des Andes, aux pics sans pareils qui s'échelonnent sur toute la longueur des deux Amériques et coupent le globe en deux parties. Nulle part, du nord au sud de cette vaste chaîne de rocs escarpés, sous les différentes zones, au milieu

desquelles elle s'élance vers le ciel, la
nature n'est plus pittoresque et plus
grandiose que vers les passes qui ser-
vent d'accès aux émigrants pour se
rendre en Californie. C'est de cet endroit que le voyageur découvre à
l'horizon la *sierra Nevada*, la *sierra
de los Mientres* et la mer de Vermil-
lon, le golfe des Perles, et les glaces
azurées de la mer russe. Puis, aussi
loin que la vue peut s'étendre, il aper-
çoit les vapeurs qui s'élèvent au dessus de l'océan Pacifique.

Sur la pente qui s'étend vers l'est de
ces montagnes, l'on aime à suivre du
regard, comme les fils d'argent de la
Vierge, les méandres sinueux et sans

fin des rivières nombreuses qui bordent les prairies verdoyantes et où demeurent les Peaux-Rouges, Comanches, Pawnies, Soshones et Sioux.

A l'ouest les ruisseaux sont devenus torrents et leurs cascades hennissent au milieu des rochers, à travers les cavernes enfantées par le cataclysme du monde, jetant aux échos un bruit qui rivalise avec celui du tonnerre.

Au nord s'étend le désert appelé le grand bassin, bordé de toutes parts de pics ardus, couronné de neiges éternelles, au centre duquel se trouvent enchassés des lacs mystérieux comblés peu à peu par des nuages de sables

soulevés par le vent, mais reparais-
sant sur un autre point à mesure
qu'un creux s'est formé à l'endroit ou
s'élevait jadis un monticule. C'est là
que le mirage du désert révèle des il-
lusions d'optique d'une splendeur sur-
naturelle, offrant à l'observateur étonné des images fantastiques et animées
dont les pieds touchent le sol, et dont
la tête atteint les nuages : une scène
renouvelée des Titans, reproduite avec
toute l'horreur requise pour être incompréhensible.

Là vivent, plus souvent en guerre
qu'en bonne intelligence les tribus des
Apaches, des Utahs, des Walla-Wal-
las, des Snakes, et des féroces Pig-

gers, poursuivant le gibier jusque dans les sommets les plus élevés qui recèlent dans leurs flancs des lacs glacés, des gouffres sans fond, des sentiers pour la plupart inexplorés dont les aigles seuls connaissent les situations et les dangers.

Cette nature indescriptible est, çà et là, enrichie de grandes colonnes basaltiques prenant tantôt la forme d'un vieux château démantelé, tantôt celle d'une tour crénelée, d'un obélisque ou d'un arc de triomphe. Le voyageur marche dans ce désert au milieu d'une série d'enchantements renouvelés à chaque pas, et le poète voit ses rêves fantastiques réalisés et palpables.

Les montagnes rocheuses sont souvent dévastées par des orages dont la violence est inconnue de ceux qui n'ont pas été témoins de ces bouleversements atmosphériques. Les éclats du tonnerre, les éclairs, les avalanches ont quelque chose d'insolite qui ne ressemble en rien aux convulsions de la nature auxquels nous sommes accoutumés.

La foudre retentit plus longtemps, les éclairs se prolongent indéfiniment, les chutes de neige couvrent des vallées d'une si grande étendue qu'on les prendrait en Europe pour des plaines. Le vent y rugit avec fureur, balayant tout ce qui se trouve sur son passage, même ces rochers, souvent emportés par son souffle irrésistible.

Le pays que je décris n'est cependant pas désert : loin de là. La race blanche et la race couleur rouge s'en disputent la possession. Aussi loin que les élans et les bisons peuvent fouler le sol, aussi haut s'élève l'abeille sauvage, et quelque soit l'opposition des Peaux-Rouges, des milliers d'Américains se sont fixés dans un lieu où leurs seuls visiteurs sont les aigles et les vautours.

La misanthropie, l'avenir, l'amour, les désillusions ont amené cette horde hétérogène de commerçants, de pionniers et de chasseurs au milieu de ces

2

solitudes sublimes. Ce qu'il y a de fort
singulier dans cette vie du désert,
c'est qu'elle attire comme le vide, et
que tous ceux qui en ont vécu n'ont
jamais songé à retourner vers les
centres habités autrement que pour y
vaquer à des affaires indispensables
à conclure, se hâtant, dès qu'elles
étaient terminées, de retourner dans
leur solitude adorée. Et cependant le
sol est partout humecté de sang hu-
main, semé d'ossements blanchis par
les becs des oiseaux de proie et les
dents des animaux carnassiers. Tout
là parle de la mort. Le bruit des vents
qui attriste le cœur, celui des torrents
qui effraye l'imagination ; les gorges

des montagnes, les rochers caractéristiques, les rivières même portent le nom de ceux qui ont été assassinés. Chaque nouvelle appellation est un baptême de mort et, malgré cela, des recrues viennent sans cesse prendre la place de ceux qui ont péri sur la route : l'air que l'on respire dans les montagnes est si enivrant !

Au premier aspect cette chaîne de montagnes paraît impraticable. L'aridité de sa base, les pics dont les pointes se perdent au milieu des nues semblent opposer une barrière insurmontable au flux de l'émigration. Quel est le grossier chariot qui pourra s'élever au dessus de ces murs cyclopéens, sur les créneaux desquels veillent, pour en défendre le passage, des barbares avides de sang ? Quelque impossible que paraisse ce tour de force, il est chaque jour accompli, depuis un demi siècle, par des émigrants dont le courage tient du prodige. Bien avant le voyage d'exploration du capitaine Frémont, en 1845, voyage dont les récits ont étonné le monde entier, des hommes et des femmes, les pieds nus et le corps couvert de haillons, avaient foulé le sable de la passe du sud des montagnes Rocheuses. Ni les ravins, ni les rivières, ni la mer ne peuvent entraver la marche d'une armée de pionniers américains.

Le danger, les privations, les fatigues incroyables encourus par ces avant-gardes de la civilisation, épouvantent bien un peu les cœurs les plus héroïques, mais rien n'a le pouvoir de refroidir l'ardeur, d'ébranler même le progrès d'un peuple qui n'admet pas dans son vocabulaire les mots *avoir peur* et *reculer*.

Le 4 juillet 1876, deux familles d'émigrants avaient dressé leurs tentes sur les bords d'une source appelée *Pacifique Spring*, que l'on rencontre sur le chemin conduisant du Missouri à l'Orégon et à la haute Californie... Ces pionniers avaient quitté Indépendance dont ils étaient alors éloignés d'environ onze cent milles. Le nombre des émigrants qui étaient partis avec eux était considérable, mais bientôt des querelles avaient éclaté, comme cela arrive fatalement dans une troupe sans chef ; une débandade s'était opérée dans toutes les directions, chaque parti prenant toujours pour boussole les vallées aurifères de la Californie.

Les deux familles qui figurent dans cette narration avaient résolu de se séparer de leurs compagnons de route dont l'aspect querelleur ne convenait pas à leurs habitudes placides.

Pourvus de chariots solides, de nombreux mulets de transport et de bœufs pleins de vigueur qui se relayaient dans le courant de la journée pour porter le bagage, ces bons émigrants ne redoutaient point les périls de la route. Ils avaient donc pris les devants et étaient à ce point que j'ai nommé plus haut : la *source du Pacifique*, ainsi qualifiée parce que les eaux s'écoulent dans l'Océan qui porte ce nom. De cette manière ils avaient évité les neiges qui tombent souvent dans les premiers jours d'automne sur les pics de la sierra Nevada, et ils s'étaient débarrassés d'une société plutôt dangereuse qu'utile, même pour se protéger contre les attaques des Indiens.

Les émigrants qui composaient ces

deux familles ne se disssimulaient cependant pas; que plus ils avançaient, plus leur petit nombre était insuffisant contre le péril qui les menaçait à chaque pas. Leur troupe n'était composée que de douze personnes dont quatre étaient des enfants trop jeunes pour se défendre et quatre autres des femmes. Il n'y avait donc que quatre hommes dont l'énergie, la prudence et le ferme vouloir ne devaient craindre aucun danger.

Les deux familles étaient déjà parvenues à plus de la moitié de leur route, et elles auraient franchi les douze cents mètres qui les séparaient des premiers établissements élevés sur les bords du Sacramento, sans les événements imprévus que je vais raconter.

Le jour allait finir : les émigrants, qui avaient dressé leurs tentes, attaché leurs animaux et allumé leurs feux préparaient le repas du soir, composé de viandes boucanées, qu'ils faisaient cuire au dehors d'un feu entretenu au moyen de fiente de bison. Tous se montraient joyeux et satisfaits ; ils plaisantaient entre eux, riaient, chantaient, comme devaient le faire autrefois les Israélites guidés par Moïse vers la terre promise.

Au coucher du soleil une jeune fille, et un jeune garçon s'éloignèrent du

camp et se dirigèrent vers un roc
élevé qui dominait la route située sur
la passe du sud. Du sommet de ce
rocher, les yeux découvraient un pay-
sage pittoresque dont la description
faiblirait devant la réalité. Au loin,
partout, à l'horizon, on apercevait des
plaines immenses, des montagnes su-
perposées éclairées par les feux du
soleil couchant, noyées dans une tein-
te dorée de tous les prismes décevants
de la terre californienne ; mais le poin t
de vue le plus pittoresque de cette nature grandiose était, sans contredit, la
passe elle-même : une immense arc de
triomphe formé de roches entassées
c s unes sur les autres, sous lequel dix

chariots pouvaient passer de front, sans difficulté !

Les deux jeunes gens gardaient le silence. L'un et l'autre s'abandonnaient aux émouvantes impressions que produisait sur leurs cœurs la sublimité de la nature. Les mains de la jeune fille étaient retenues par celles du jeune émigrant, et sa tête se reposait sur l'épaule de celui-ci. Leurs deux cœurs battaient, comme s'ils eussent été renfermés dans la même poitrine. Tous deux apercevaient le nom du Créateur de toutes choses gravé sur les rochers qui les entouraient. Quoique nés sur une plage lointaine, quoique vêtus de bure et de vêtements

grossiers, ils avaient dans l'âme cette
noblesse de sentiments qui relève la
créature à quelque rang de la société
qu'elle appartienne. Si le jeune émigrant était courageux au delà de toute
expression, celle qui se trouvait auprès de lui possédait la beauté d'une
madone. Leur affection mutuelle était
donc une nécessité de leur jeune âge,
aussi naturelle que le parfum des
fleurs, ou la pousse des feuilles au
mois de mai.

— Quel magnifique temple pour
notre mariage ! murmura Henry à
l'oreille de sa fiancée dont les yeux
étaient fixés sur les tentes de toile
blanche du campement. Entends-tu,

ma bien-aimée, les clochettes de nos mulets et les voix sonores des petits enfants !

Emma — c'était le nom de la jeune fille — laissa tomber un tendre regard sur son interlocuteur ; un sourire s'épanouit sur ses lèvres et une rougeur charmante vint teinter ses joues.

— Te rappelles-tu ta promesse ? ajouta Henry ; te souviens-tu qu'il y a un mois, quand nous étions encore sur les bords de la rivière Platt, tu m'as juré de devenir ma femme dès que nous aurions atteint la première fontaine dont les eaux s'écoulent du côté de la Californie. Cette source, près

de laquelle nous avons campé, roule
sur un lit de cailloux jusqu'à la rivière
Verte, là-bas, à l'horizon ; elle prend
alors le nom de Colorado et se jette
dans le golfe des Perles.

Henry parlait encore lorsque sa
fiancée lui fit remarquer dans la direction d'une roche basaltique plusieurs ombres qui se mouvaient lentement. Tous deux crurent d'abord que
c'étaient des Indiens, mais leur appré-
hension se dissipa à mesure que les
objets se rapprochaient. C'était, suivant toute probabilité, un troupeau de
daims paissant tranquillement dans la
prairie. Hélas ! les émigrants igno-
raient que les Peaux-Rouges revêtent

bien souvent des dépouilles d'animaux afin de mieux imiter les allures des quadrupèdes, dans le but de surprendre les voyageurs qui ignorent ces ruses particulières à la race indienne de l'Amérique du Nord.

Le crépuscule faisait graduellement place à la nuit quand les deux fiancés rentrèrent au camp. Leur mariage devait avoir lieu après le souper du soir. Le Père d'Emma, ministre protestant, officiait comme chapelain, et la cérémonie empruntait sa seule solennité à la nature grandiose au milieu de laquelle elle avait lieu.

La lune, qui était en son plein, les étoiles, dont le ciel était constellé, éclairaient cette scène imposante dont le caractère était à la fois religieux et national. C'était là, en effet, un symbole digne d'être apprécié selon toute sa valeur, car si l'émigration est le moteur du progrès en Amérique, le mariage est dans ce pays l'élément suprême de l'émigration. Aussi un mariage parmi les émigrants, célébré à la passe des montagnes Rocheuses était-il un événement remarquable dans l'existence des deux familles.

La cérémonie était à peine terminée qu'une douzaine d'Indiens s'élancèrent au milieu du camp. Comme ils étaient entièrement nus et sans armes, leur irruption ne causa pas d'abord une très grande émotion. L'un d'eux, cherchant à se faire comprendre, annonça qu'ils appartenaient à la tribu des Utahs. Ils offraient à vendre une sorte de pain fait de graines de tournesol et de sauterelles mélangées en parties égales, pilées et grillées ensemble. Or, comme on le pense bien, cette nourriture trouva peu d'amateurs parmi les émigrants. Dans un très court espace de temps, les Peaux-Rouges furent rejoints par un plus grand nombre des leurs qui, tous nus et sans armes, paraissaient n'être animés par aucun sentiment hostile.

L'un d'eux cependant, qui ne ressemblait nullement à ses camarades, un colosse aux yeux farouches, à la barbe longue, aux cheveux tressés au essus de la tête, s'avança soudain, un bâton à la main. Ses épaules étaient couvertes d'une peau de daim ; un pantalon et des mocassins complétaient son costume. A voir ses yeux gris, sa tournure sinistre, sa bouche grimaçante de cruauté, on devinait sur-le-champ que cet être sans nom était un blanc banni de la société et ayant cherché un refuge parmi les Peaux-Rouges. Ce misérable jeta un regard oblique sur les émigrants et les examina les uns après les autres, jusqu'à ce qu'enfin ses yeux s'arrêtèrent sur la nouvelle mariée. Un horrible sourire effleura alors ses lèvres.

A ce moment même, Emma, qui le reconnut, s'écria avec horreur :

— Ah ! c'est Bill Moore, le meurtrier de mon frère !

A ces mots, le faux Indien proféra le terrible *woop* d'attaque, signal convenu entre ses camarades et lui. Ceux-ci, pareils à des panthères affamées, s'élancèrent sur les émigrants, qui tous, malgré leur courageuse résistance, furent bientôt renversés, meurtris et à la discrétion de leurs ennemis. Le chef de ces hommes sans pitié commanda alors aux Utahs de s'emparer de tous les fusils des émigrants.

Par ses ordres, les hommes furent liés avec des cordes, et l'on se prépara à partir en emmenant les femmes. Rien n'était plus émouvant à entendre que les gémissements de ces malheureuses opposant une résistance fort inutile à ceux qui les entraînaient et les cris des enfants violemment séparés de leurs mères.

Tout espoir semblait perdu, lorsque soudain on vit à la clarté des étoiles une troupe nombreuse d'Indiens à cheval arriver au grand galop dans la direction du camp. Leur chef était une jeune et belle femme vêtue d'habits de peaux de daim ornés de plumes, de broderies aux couleurs

éclatantes et de plaques d'or. Elle
était montée sur un magnifique cheval blanc qu'elle maniait avec une
habileté sans pareille.

Voilà les Soshones ! s'écrièrent à
l'instant les Utahs, saisis d'une indici-
ble terreur, fuyant dans toutes les
directions et abandonnant leurs pri-
sonniers, qu'une délivrance aussi
inattendue remplissait d'étonnement

L'un d'eux, cependant, ne laissa
point échapper sa victime. Le bandit
Bill Moore avait saisi entre ses bras
le corps inanimé de la jeune Emma, et
escaladant, avec la vélocité du chat sauvage, une éminence qui s'élevait à une
petite distance du camp, il disparut

bientôt avec son fardeau derrière les sinuosités du terrain.

A peine s'était-il éloigné que les libérateurs soshones envahissaient le camp et se hâtaient de couper les cordes dont étaient garrottés les malheureux émigrants. La noble et belle sauvage qui commandait les Indiens se fit comprendre à l'aide de signes et expliqua que celui qui commandait les Utahs était son mari. Le matin même, il était parti, sous le prétexte d'aller à la chasse, mais elle avait été informée par un des siens que le traître se disposait à enlever vers le campement de la passe du Pacifique une femme blanche qu'il avait aimée autrefois, avant de se réfugier chez les Indiens. Le hasard la lui avait fait retrouver quelques jours auparavant au milieu d'une troupe d'émigrants qui s'étaient reposés le long de la rivière des Eaux douces.

Henry fut le premier à comprendre le langage animé de la femme soshone et lui expliqua à son tour que son mari avait réussi dans son projet criminel, qu'il était parvenu à son but et qu'il fuyait en ce moment, entraînant Emma avec lui. Il supplia la jalouse Indienne de courir sus à Bill Moore et de lui permettre de l'accompagner.

Cette explication redoubla le courroux de l'épouse outragée, dont le cœur brûlait de jalousie et de désirs de vengeance. Par ses ordres, Henry obtint un cheval rapide, et comme il avait retrouvé sa carabine, qui par le plus grand des hasards, avait échappé aux yeux des Utahs, il changea la capsule afin d'être plus sûr de son coup, lors de la rencontre avec le ravisseur d'Emma, et s'élança sur les traces de ce misérable, à la tête des Soshones à côté de l'Indienne.

La troupe entière contourna la colline au sommet de laquelle Bill Moore avait disparu, et se trouva bientôt dans la prairie au milieu de laquelle on apercevait le géant lancé au galop.

Devant lui une draperie blanche, la robe d'Emma, flottait au gré du vent.

La femme soshone poussa un cri de rage répercuté par les échos des montagnes Rocheuses, et la course recommença plus rapide et plus obstinée. Chaque élan des chevaux raccourcissait la distance qui séparait celui qui était poursuivi de ceux qui volaient sur ses traces. Cette chasse à l'homme se dirigeait du côté de la tour basaltique de Jacob, et lorsque le faux Indien parvint à sa base, ceux qui étaient lancés sur ses pas n'étaient séparés de lui que par un espace de cent mètres. Il paraissait impossible qu'il leur échappât. La structure du monolithe aux

parois lisses comme celle d'une cons-
truction faite par la main des hommes, semblait innaccessible à tout
être animé qui n'eût pas été muni
d'ailes pour arriver à son sommet.

Cependant au grand étonnement
des Indiens, Bill Moore se jeta à bas
de son cheval et, sans abandonner la
pauvre Emma, il commença à gravir
la paroi du roc. Il avait découvert un
sentier étroit qui faisait saillie et par
lequel il parvint bientôt au sommet de
cette merveille de la nature.

Tous les Soshones, malgré les exhor-
tations de leur chef, paraissaient se
refuser à tenter une ascension aussi

périlleuse. Henry, lui seul, n'hésita pas. Saisissant sa carabine d'une main, il s'aida de l'autre pour s'accrocher aux interstices du rocher, et ce fut ainsi qu'il parvint au sommet.

Bill Moore, qui n'avait pu échapper à ceux qui le poursuivaient, résolut d'assassiner sa victime, mais, comme, dans sa course haletante, il avait perdu ses armes, il s'efforça d'étrangler l'infortunée Emma. D'un seul bond Henry s'élança sur lui et, ne pouvant faire feu, ce fut avec la crosse de sa carabine qu'il brisa le crâne du misérable dont le cadavre rebondit, tomba dans le vide et fut bientôt mutilé à la base de la tour basaltique.

Se jetant alors sur le corps inanimé de sa fiancée, le pauvre Henry craignit d'abord qu'elle fût morte. Sa bouche cherchait un reste de vie sur celle d'Emma, dont les lèvres bleuies, recouvertes d'une écume teintée de rose, étaient froides et desséchées. Mais lorsque la douce chaleur de la poitrine de celui dont elle était la bien-aimée eut pénétré ses sens engourdis, elle revint peu à peu à la vie ; ses yeux se rouvrirent, et bientôt sa bouche murmura lentement ses paroles.

— Oh ! mon ami ! quel horrible rêve j'ai fait.

Nous ne suivrons pas plus loin les émigrants de la source du Pacifique qui, escortés par la femme indienne et sa tribu, parvinrent sans encombre aux premières limites du territoire californien. Les deux familles vivent et prospèrent à l'heure qu'il est sur les bords de la rivière Feather. Emma est mère de deux charmants petits garçons qui promettent d'être bons et courageux comme leur père. Afin de perpétuer la mémoire de la délivrance miraculeuse de sa femme, Henry a élevé sur la pelouse qu'il a semée devant son habitation un monument fait avec des roches basaltiques, auxquelles il a donné la forme de l'échelle de Jacob, et sur la base on peut lire cette inscription :

4 JUILLET 1876.

L'ABANDONNÉE

A quelques milles de Santa-Barbara,
dans l'océan Pacifique, s'élève au-
dessus des vagues, comme les feuilles
du nymphéa, un groupe d'ilots, séparés à peine par des canaux étroits. Il
était autrefois habité par des Indiens.

Suivant la tradition perpétuée par
le témoignage de plusieurs Américains

qui y ont séjourné, ces îlots renfermaient une population considérable.

Les natifs de ce pays faisaient de fréquentes visites sur la terre ferme, à Santa-Barbara et à San—Pedro, dans le but de trafiquer avec les Indiens qui demeuraient alors au sud de ces provinces. Les ventes et les achats se faisaient au moyen de coquillages particuliers qui servaient de monnaie.

A l'époque où les missions de la haute Californie étaient régulièrement établies et prospéraient de toute manière, c'est-à-dire à la fin du siècle dernier, ce commerce était fort étendu, et les opérations d'échange avaient engagé les Indiens à établir une foire annuelle, qui se tenait sur un point désigné de la côte, et à laquelle se rendaient tous les Peaux-Rouges des îles de la terre ferme.

Peu à peu, grâce aux sollicitations des missionnaires, les habitants des îlots ci-dessus mentionnés abandonnèrent leurs huttes et vinrent se fixer à Santa-Inès, Santa-Barbara, Los Angelos, San-Gabriel et à San-Diégo.

L'un de ces coins de terre, appelé San-Nicholas, situé au centre du groupe, à soixante milles de Santa-Barbara, était habité par une tribu d'Indiens qui, malgré toutes les tentatives faites par les missionnaires dans le but de leur faire embrasser le christianisme

et d'améliorer leur position et leur con·
fort, n'avaient jamais consenti à quitter
le sol où ils étaient nés.

Dans le courant de l'année 1868, un
navire russe vint jeter l'ancre devant la
bourgade des Indiens. Une fois à
terre, les matelots se mêlèrent aux
habitants, mais s'étant bientôt pris de
querelle avec eux, ils attaquèrent ces
malheureux et les massacrèrent, à
l'exception de deux d'entre eux, qui
parvinrent à se sauver dans les bois,
et ils entraînèrent les femmes à leur
bord.

Dix ans après cet événement, un
M. Williams, qui habite maintenant
le rancho del Chino, à Los A

Californie, visita cette île pour faire la chasse au loutres, fort nombreuses dans ces parages.

Encouragé par le succès de sa chasse, M. Williams revint souvent à San-Nicholas, et enfin, un jour, il ramena une jeune squaw (femme) qui faisait partie de la tribu, composée alors de dix-sept Indiens, les descendants des deux qui avaient échappé au massacre de leurs pères par les Russes.

M. Williams s'adressa peu de temps après au capitaine de la goëlette, M. Hubbard, qui, avec le consentement de ses deux armateurs, MM. Sparke et Gomez, de Monterey et de Santa-Barbara, mit à la voile pour aller chercher

tous les compatriotes de la protégée du
fermier chasseur, et les ramener sur la
terre ferme. Rien ne s'opposa à l'accom-
plissement de ce projet, car les Indiens
avaient le plus grand désir de quitter
leur île.

Tous étaient déjà à bord de la goëlette,
dont les matelots levaient l'ancre, lors-
qu'une de ces femmes, qui avait confié
son enfant à un Indien, s'aperçut qu'il
n'était plus avec lui.

Elle demanda alors la permission de
retourner à terre, afin de le chercher.
Le capitaine y consentit. La mère infortunée se précipita à la nage, et, parve-
nue sur la rive, elle s'enfonça au mi-

lieu des bois, où bientôt elle disparut à tous les regards.

Deux heures après, on la vit revenir; elle fit comprendre par ses gestes qu'elle n'avait rien trouvé. Sa voix, portée par le vent, arriva jusqu'au navire, et l'un de ses compatriotes expliqua à M. Hubbard qu'elle exprimait la crainte que son enfant n'eut été dévoré par les chiens sauvages, très nombreux dans l'intérieur de l'île.

Au lieu de venir à bord de la goëlette, l'Indienne s'agenouilla sur le sable, exprimant le plus violent désespoir, et enfin, soit à cause de la fatigue qu'elle éprouvait, soit à cause de sa douleur, elle s'étendit sur le sol et s'endormit profondément.

Cependant la brise avait fraîchi; bientôt les vagues devinrent si hautes qu'il était dangereux pour le navire de demeurer à l'ancre dans ces parages. Le capitaine fit déraper, et quoiqu'il regrettât de laisser cette femme seule dans l'île il s'y vit contraint par la force des circonstances. Nul ne saurait dire quelles durent être les inpressions de désespoir de cette pauvre créature, lorsque, en ouvrant les yeux, elle se vit seule, abandonnée et séparée de tous les siens.

Trois mois après, jour pour jour, la goëlette de M. Hubbard aborda l'île de nouveau ; le capitaine, à l'instigation de M. Williams, était revenu pour arracher l'Indienne à cette solitude forcée. Ce fut en vain qu'il explora l'île dans tous les sens, en compagnie de ses matelots. On ne découvrit rien, si ce n'est des empreintes de pas sur le sol. Depuis ce dernier voyage de M. Hubbard, toutes les fois que les chasseurs venaient faire leur provision de peaux de loutres, ils rencontraient les marques des pieds de ce nouveau Robinson Crusoé, mais jamais aucun n'avait eu l'occasion d'apercevoir la femme sauvage.

Dans le courant de juillet 1874, un Américain, nommé Georges Niedever, qui habite depuis longtemps Santa-Barbara, vint faire une partie de chasse sur les côtes de l'île San-Nicholas. Tout à coup, en longeant le rivage, il rencontra, au détour d'un massif d'arbres l'Indienne si longtemps perdue. Cette infortunée était assise sur un tronc d'arbre renversé, et donnait toute son attention à la préparation de peaux d'oiseaux qui, cousues ensemble, formaient les vêtements dont elle se couvrait le corps. Elle ne manifesta aucune surprise à la vue de M. Niedever qui, s'adressant à elle par des signes, mit tout en œuvre pour se faire comprendre et lui proposa de quitter l'île et de le suivre sur le continent.

La squaw y consentit sans se faire
trop prier, et s'occupa sur-le-champ
de ses préparatifs de départ, envelop-
pant dans plusieurs peaux de bêtes
les vêtements singuliers qu'elle s'était
faits, et tous les ustensiles qui lui
avaient servi pendant sa longue solitude.

La nouvelle Robinson de San-Nicholas
devint la commensale de la famille de
M. Niedever à Santa-Barbara, choyée
comme une parente et heureuse autant
qu'elle pouvait l'être. Cette femme était
âgée de soixante ans, et sa simplicité
ressemblait à celle d'un enfant. Dès
qu'elle arriva à Santa-Barbara, un
missionnaire se présenta chez le sauveur

de l'Indienne: il amenait avec lui un
de ses compatriotes qui parlait deux
ou trois dialectes de la langue des
Peaux-Rouges de la Californie. Mais,
à leur grande surprise, cet aborigène
ne put comprendre le langage de la
sauvage, qui n'avait point d'analogie
avec ceux dont il connaissait les mots.
L'Indienne donnait bien un son parti-
culier à chaque chose qu'on lui pré-
sentait, mais il était impossible de la
comprendre, à moins qu'elle ne s'ex-
primât au moyen de gestes et de signes.
Du reste elle paraissait fort satisfaite
de sa situation, et son plus grand
plaisir était de montrer à ses visiteurs
quels moyens elle avait employés pour

arracher les racines dont elle se nour-
rissait, prendre du poisson et fabriquer
ses vêtements. On voyait cependant
qu'elle était satisfaite de se trouver
avec ses semblables, et qu'elle ne re-
grettait point l'époque où elle habitait
seule l'île déserte de San-Nicholas.

Une des grandes joies de cette femme
était d'examiner à loisir les chevaux et
les vaches, et tout porte à croire que,
jusqu'à cette époque, elle n'avait
jamais vu d'animaux aussi énormes.
Un jour, elle s'aventura jusqu'à saisir
un cheval par la queue, et sans Mme
Niedever, qui lui fit comprendre le
danger qu'elle courait, elle serait res-
tée exposée aux ruades du quadru-
pède.

Parmi les instruments rapportés par l'Indienne de San-Nicholas, les plus curieux étaient sans contredit ceux avec lesquels elle cousait ensemble les vêtements de peaux d'oiseaux dont j'ai parlé. Ces aiguilles, faites avec des arêtes de poisson, prouvent jusqu'à quel point la nécessité peut, au besoin, développer le génie de la race humaine. Le fil dont elle se servait n'était autre chose qu'une fibre légère détachée des nerfs d'une baleine. Les hameçons, employés pour la pêche, étaient fabriqués au moyen de clous tordus et affilés, appendus à une ligne dont la matière était aussi composée de nerfs de baleine tressés ensemble avec une habileté sans pareille.

Au milieu des nombreux objets qui se trouvaient dans les mains de cette Indienne, on remarquait aussi une matière crayeuse et rougeâtre sembla- ble à de la brique tendre; mais il était impossible de deviner si cette substance était destinée, soit à prépa- rer les peaux d'oiseaux, soit à peindre en rouge l'intérieur de ses vêtements. Le couteau dont elle se servait était fait avec un morceau de crochet de fer: elle l'avait aplati et forgé entre deux cailloux et habilement emmanché dans un des os du fémur de quelque animal; la lame n'avait pas plus d'un pouce et demi de long..

La femme sauvage avait aussi ap-

porté avec elle une partie de ses pro-
visions de bouche, de la viande bouca-
née, entre autres ; mais il paraissait
incompréhensible qu'elle eût pu se
nourrir de cette chair empestée, dont
la putridité saisissait le nerf olfactif à
quarante pas de distance.

Il y avait aussi, avec cela, des racines
nourrissantes, connues dans le dialecte
indien sous le nom de « cacomete » ; le
goût de cette racine est à peu près
semblable à celui de l'intérieur d'une
noix encore verte. Cette femme extraordinaire était sans contredit un
étrange échantillon de la race indienne, et si elle eût pu exprimer ses
pensées et ses sentiments, tout porte à

croire qu'elle eût ajouté un chapitre
nouveau au livre de l'humanité. Pendant dix ans, cette pauvre créature
avait vécu dans une ile déserte, sans
avoir auprès d'elle un compagnon pour
partager ses chagrins, comme ses
joies, ses craintes et ses espérances.
A Dieu seul, qui lui donna la vie et qui
l'avait protégée si miraculeusement,
elle pouvait exprimer sa reconnais-
sance et demander aide et secours
dans sa misère.

Le père Gonzalès, missionnaire de
Santa-Barbara, qui s'intéressait beau-
coup au sort de sa néophyte, avait
dessiné son portrait. Les habitants de
Santa-Barbara donnèrent de nombreuses preuves d'intérêt à cette femme

extraordinaire, et tous, les uns après les autres, allèrent la voir chez son hôte.

Plusieurs montreurs de curiosités ont essayé de s'emparer de la Crusoé de San-Nicholas pour l'amener aux Etats-Unis, et la faire voir dans les villes pour de l'argent, mais la famille Niedever a toujours refusé de donner son consentement au départ de cette infortunée. Tous ceux qui s'intéressaient à son sort préféraient pour elle la tranquillité et le bien-être domestiques, à tous les dollars que les Barnums américains pouvaient lui offrir.

Limoges. — Imp. Charles Barbou.

www.ingramcontent.com/pod-product-compliance
Lightning Source LLC
Chambersburg PA
CBHW061651180626
46818CB00003B/1055